HUGUES MICOL

Les PARQUES

1 – VISITE GUIDÉE

VENTS D'OUEST

"L'expérience montre que seuls les princes et les républiques armées remportent des succès durables, et que les mercenaires ne font jamais que des dégâts."

MACHIAVEL, Le Prince

31-33, rue Ernest-Renan
92130 Issy-Les-Moulineaux
www.ventsdouest.com

Dépôt légal : mars 2007.
ISBN : 978-2-7493-0331-4
Achevé d'imprimer en Belgique en mars 2007
par l'imprimerie Lesaffre.

APRÈS LA GUERRE, AVANT LE MUR...
J'AI MAL...
BERUHIGEN SIE SICH...
Achtung! Sie verlassen nach 100m Ost-Berlin
ВЫ ВЫЕЗЖАЕТЕ НЗ СЕКТОРА
BERLIN RAUCHT JUNO
Sheinewer Straße
...WIR SIND DA.
JE M'EXCUSE D'ARRIVER AINSI À L'IMPROVISTE, MAIS LA DOULEUR EST INTENSE... POURRIEZ-VOUS...?
VOUS AVEZ DE LA CHANCE, UNE PATIENTE VIENT D'ANNULER SON RENDEZ-VOUS. JE VOUS PRENDS TOUT DE SUITE.
MERCI BEAUCOUP, DOCTEUR.
PAR ICI...
VEUILLEZ ATTENDRE ICI, MESSIEURS.

TOC
TOC
TOC
HURRY. COME IN!
GEHT ALLES GUT?
ÇA IRAIT MIEUX SI VOUS ME LAISSIEZ OPÉRER TRANQUILLEMENT.
ACH SO.

OK, C'EST BON, ON PEUT COMMENCER.
NOUS AVONS PEU DE TEMPS, MES "ANGES GARDIENS" SONT TRÈS MÉFIANTS.
ASSEYEZ-VOUS. JE M'APPELLE DOUG MASTERS. JE SUIS AMÉRICAIN ET HABILITÉ À PRENDRE DES DÉCISIONS AU NOM DE MON GOUVERNEMENT. JE VOUS ÉCOUTE.
JE M'APPELLE DIMITRI VOLOCHINE. JE SUIS CAPITAINE DANS CE QUE VOUS APPELLEZ KGB. JE DEMANDE L'ASILE POLITIQUE AUX ÉTATS-UNIS D'AMÉRIQUE.
POURQUOI ?
JE SUIS DÉÇU PAR LE SYSTÈME CORROMPU QUI DIRIGE L'UNION SOVIÉTIQUE ET QUI A TRAHI L'IDÉAL RÉVOLUTIONNAIRE... ... DE PLUS, MA CARRIÈRE...
TA CARRIÈRE A DU PLOMB DANS L'AILE. TU ES RELEVÉ DE TON POSTE PÉPÈRE AU SOLEIL POUR ÊTRE DÉBARQUÉ À IRKOUTSK.
JE VOIS QUE VOUS ÊTES BIEN RENSEIGNÉ...
ÉCOUTE-MOI, CAMARADE, EXFILTRER QUELQU'UN C'EST TRÈS COMPLIQUÉ ET TRÈS DANGEREUX. DES VIES SONT EN JEU, DIMITRI ! PAS SEULEMENT LA TIENNE !...
... DE PLUS, ÇA COÛTE TRÈS CHER. ALORS J'ESPÈRE QUE TU AS QUELQUE CHOSE D'INTÉRESSANT À NOUS OFFRIR.
JE SAIS QUI FINANCE LA RÉBELLION AU COSTA NEGRA ET, CROYEZ-MOI SUR PAROLE, ÇA NE VIENT PAS DE CHEZ NOUS.

WAS IST HIER LOS?! WER IST DIESER MANN?!
VERRATUNG!
BLAM!
BLAM!
DAMNED! RUN!!
BLAM!
VOS AMIS! LE DOCTEUR! ILS SONT MORTS! C'EST ATROCE!
SHIT HAPPENS.
DÉSOLÉ, DIMITRI. MAIS C'EST CHACUN POUR SOI MAINTENANT.
GOOD LUCK!
DA IST ER!
HALT!
BLAM
BLAM!
BLAM!
KAUF

PARIS, 20e ARRONDISSEMENT...
PISCINES
MAINS PROPRES

DOUCH
OBLIGA
MES RESPECTS, MON COLONEL.
CHEF RÉMI...
VESTIAIRE OBLIGA
QU'EST-CE QUE C'EST QUE ÇA?
UN COMPLÉMENT CAPILLAIRE. UNE MOUMOUTE, SI VOUS PRÉFÉREZ...
...ELLE APPARTENAIT À UN MEMBRE DES SERVICES SECRETS SOVIÉTIQUES. IL EST MORT À BERLIN-EST LORS D'UNE RENCONTRE AVEC LES AMÉRICAINS QUI A MAL TOURNÉ.
UN DE NOS AGENTS SUR PLACE L'A DÉROBÉ À LA MORGUE. À L'INTÉRIEUR ÉTAIT CACHÉ UN MICROFILM... BIEN QUE PARTIELLEMENT DÉTRUIT, CELUI-CI A PU NOUS RÉVÉLER UNE INFORMATION INESPÉRÉE...
...CES DERNIERS MOIS, NOTRE SOVIET AVAIT APPROCHÉ KURT MILO À PLUSIEURS REPRISES...
KURT MILO?

UN MEMBRE DE L'E.R.R, L'EINSATZSTAB REICHLEISTER ROSENBERG. L'ORGANISATION D'ALFRED ROSENBERG, EX-THÉORICIEN DE L'ART ET DÉLÉGUÉ DU FÜHRER POUR LE "CONTRÔLE DE L'INSTRUCTION ET L'ÉDUCATION SPIRITUELLE ET IDÉOLOGIQUE DU PARTI NAZI"...
J'AI OUBLIÉ MA BESACE.
...POUR ÉVITER LA RIGIDITÉ ET LES RÉTICENCES DE LA WEHRMACHT, HITLER UTILISA CETTE ORGANISATION CRAPULEUSE COMME INSTRUMENT DE PILLAGE. L'E.R.R CONFISQUA TOUS LES BIENS JUIFS QU'ELLE PUT DÉBUSQUER, ESSENTIELLEMENT LES OEUVRES D'ART...
EN JUILLET 41, L'ERR FIT TRANSFÉRER DES DÉPÔTS NATIONAUX FRANÇAIS LES COLLECTIONS JUIVES VERS SES LOCAUX DU JEU DE PAUME. PARMI CELLES-CI LA COLLECTION JACOBI...
VA T'ACHETER DES CARAMELS, GAMIN.
BIEN QUE JACOBI AIT LÉGUÉ SA COLLECTION AUX MUSÉES DE FRANCE PAR TESTAMENT, L'ERR SIGNIFIA QUE, ÉTANT JUIF, IL AVAIT ÉTÉ DÉCHU DE SA CITOYENNETÉ FRANÇAISE PAR LES LOIS DE VICHY... SES BIENS POUVAIENT DONC ÊTRE SAISIS POUR ÊTRE "SAUVEGARDÉS" EN ALLEMAGNE...
...MALGRÉ NOS EFFORTS ET CEUX DES ALLIÉS, NOUS N'AVONS JAMAIS PU RETROUVER LA COLLECTION, NI MILO QUI EST LE DERNIER À L'AVOIR EUE EN SA POSSESSION...
LE SOVIET AVAIT DONC RETROUVÉ LE NAZI, MAIS OÙ? C'EST SUR LE MICROFILM? QUE VOUS ONT DIT LES AMÉRICAINS?
RIEN SUR LE MICROFILM. QUANT AUX AMÉRICAINS, ILS SONT TOUJOURS MUETS SUR LEUR FIASCO... MAIS LA MOUMOUTE, ELLE, A PARLÉ...
...LA CONFECTION DE CETTE ..EUH.. "CHOSE" PORTE LA SIGNATURE DU SALON "CHEZ YVES", UN COIFFEUR SUISSE INSTALLÉ À EL PUERTO, CAPITALE DU COSTA NEGRA.
VOUS PENSEZ DONC QUE NOTRE GARS ÉTAIT EN POSTE LÀ-BAS.
VOUS PARTEZ DANS DEUX HEURES... JE VOUS AI RÉSERVÉ UNE CHAMBRE DANS UN PETIT HÔTEL TRÈS SYMPA. DES QUESTIONS?
COMMENT EST L'ENVELOPPE POUR LES FRAIS?
Confiserie

RIDICULE, COMME D'HABITUDE...
FAITES UNE CROIX SUR LES NOTES DE FRAIS EXCESSIVES, LES GADGETS ET AUTRES INVENTIONS ÉTRANGÈRES, ET SOUVENEZ-VOUS QUE C'EST LE SYSTÈME D QUI A FAIT LA GRANDEUR DE NOTRE PAYS...
N'OUBLIEZ PAS, CHEF, POUR LE SDECE VOUS N'EXISTEZ PAS, MAIS RETROUVEZ LA COLLECTION JACOBI ET JE VOUS PROMETS UN BON GUEULETON CHEZ LA MÈRE PRADIER AUX FRAIS DU SERVICE.
ROGER
AEROPORT DE PARIS ORLY
FRANÇAIS ?
PARDON ?
JE L'AURAIS PARIÉ ! ENCHANTÉ. BERNARD HAROLD HASHBROWN, CITOYEN BRITANNIQUE.
PREMIÈRE FOIS AU COSTA NEGRA ? VOUS VERREZ, VOUS SEREZ VITE DÉÇU ! IL NE S'Y PASSE JAMAIS RIEN. LES REBELLES ? PENSEZ-VOUS ! UNE NOUVELLE ATTRACTION TOURISTIQUE TOUT AU PLUS ! UNE POIGNÉE DE ZAZOUS ILLETTRÉS...
... QUI ATTENDENT, DANS LES MONTAGNES, DE SE FAIRE MASSACRER PAR LA MAIN DE FER DU GÉNÉRAL CAUDILLO. CROYEZ-MOI, LE PAYS N'EST PAS PRÈS DE SE SOULEVER. DORMEZ TRANQUILLE.

ROPUERTO INTERNAC
Bienvenidos en Costa Negra
C·IM
LE C·I·M, LES CHIENS DE GARDE DU GÉNÉRAL CAUDILLO, DES BRUTES ÉPAISSES D'UNE BÊTISE CRASSE.
ON PARTAGE UN TAXI, OLD CHAP?
ÇA IRA.
BON, BEN JE PRENDRAI LE PROCHAIN ALORS...
el puerto
TAXI CN
TAXI
VIVA CAUDILL
BASTA
EL PUERTO 3 KM
HOTEL RODRIGO
LA CLIMATISATION EST CASSÉE, LA DOUCHE EST AU FOND DU COULOIR, MAIS Y'AURA PAS D'EAU AVANT JEUDI...

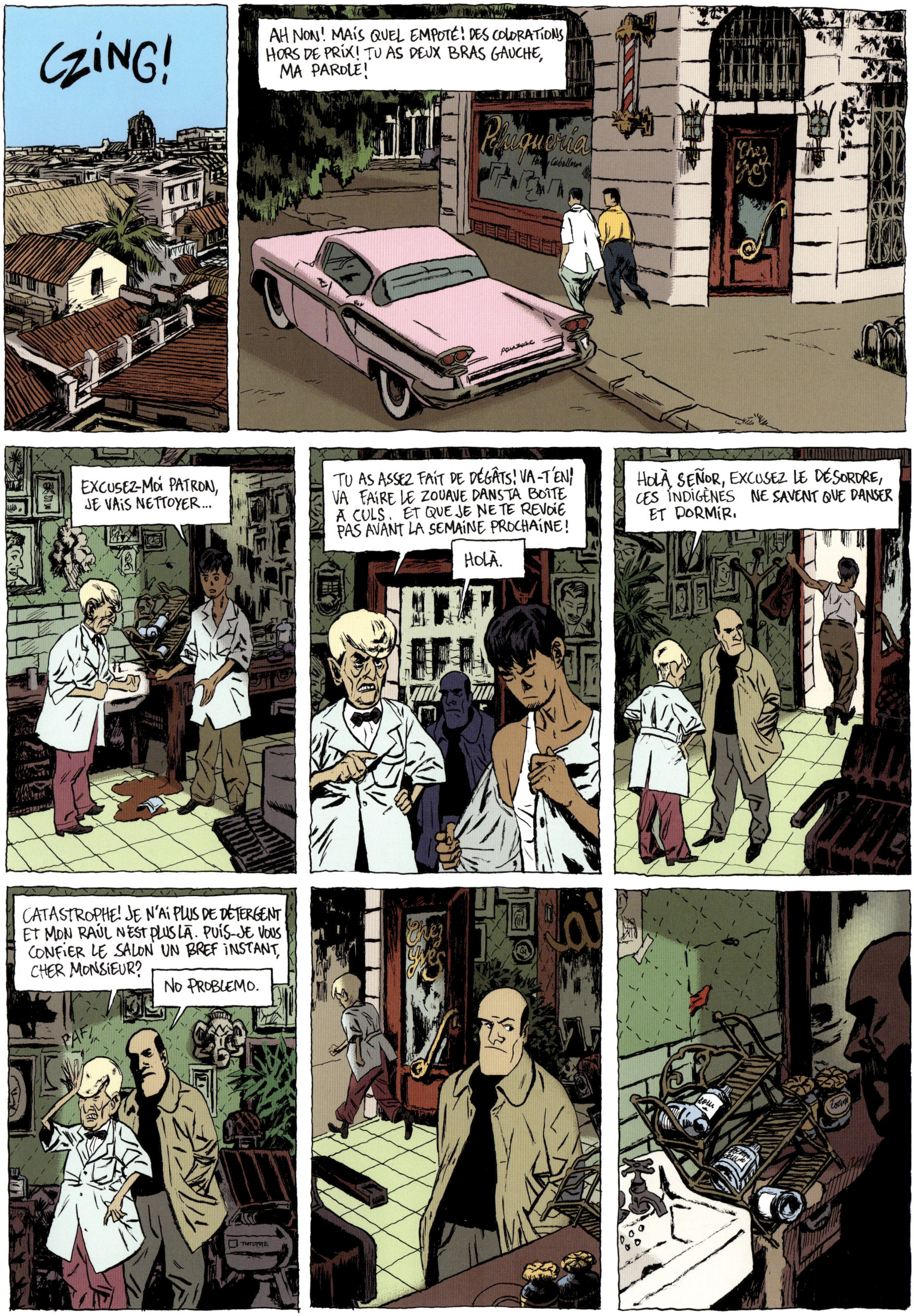
CZING!
AH NON! MAIS QUEL EMPOTÉ! DES COLORATIONS HORS DE PRIX! TU AS DEUX BRAS GAUCHE, MA PAROLE!
Peluquería
EXCUSEZ-MOI PATRON, JE VAIS NETTOYER...
TU AS ASSEZ FAIT DE DÉGÂTS! VA-T'EN! VA FAIRE LE ZOUAVE DANS TA BOÎTE À CULS. ET QUE JE NE TE REVOIE PAS AVANT LA SEMAINE PROCHAINE!
HOLÀ.
HOLÀ, SEÑOR, EXCUSEZ LE DÉSORDRE, CES INDIGÈNES NE SAVENT QUE DANSER ET DORMIR.
CATASTROPHE! JE N'AI PLUS DE DÉTERGENT ET MON RAÚL N'EST PLUS LÀ. PUIS-JE VOUS CONFIER LE SALON UN BREF INSTANT, CHER MONSIEUR?
NO PROBLEMO.
PAF!
Chez Yves

HIN!
CRAC!
VÉROLE DE CUL !!
KURT MILO! LE COIFFEUR, C'ÉTAIT LUI!
Für Kurt einen herzlichen Dank
A. Hitler

DORADO
STRIP CLUB
UN RHUM SEC S'IL VOUS PLAÎT.
EL GALLO DORADO A MAINTENANT LE PRIVILÈGE DE VOUS PRÉSENTER PALOMA, LA TORRIDE GUÉRILLERA, DANS UN NUMÉRO "RÉVOLUTIONNAIRE"! AVEC, POUR L'ACCOMPAGNER, RAÚL ET SES MUSICIENS, BONNE SOIRÉE À TOUS!

UN GRAND BRAVO POUR PALOMA! NOS VALEUREUX MUSICIENS VONT MAINTENANT PRENDRE UNE COURTE PAUSE. À TOUT À L'HEURE, POUR TOUJOURS PLUS DE FESSES!
QU'EST-CE QUE TU FAIS LÀ?!
PEPA?

BEN, JE FAIS DE LA MUSIQUE...
ET TU COMPTES PASSER TOUTES TES NUITS DANS CE CLOAQUE ?!
D'ACCORD, C'EST PAS TERRIBLE ICI, MAIS C'EST MON TRAVAIL, PEPA.
PAS TERRIBLE ?! JE TE RETIENS PAS, GAMIN...
PARLONS-EN DE TON TRAVAIL ! TON VRAI TRAVAIL ! JE SUIS PASSÉE AU SALON TOUT À L'HEURE, IL N'Y AVAIT PERSONNE. QUE S'EST-IL PASSÉ ENCORE ?!
J'TE PAYE, NON ? D'ACCORD, PAS GRAND-CHOSE, MAIS BON...
MAIS RIEN, C'EST ENCORE YVES QUI PIQUE SA CRISE.
MON PAUVRE BIQUET.
C'EST TON JAZZ, LES CLIENTS AIMENT PAS ÇA...
ÉCOUTE, PEPA, J'AI DES PROJETS PLUS IMPORTANTS QUE CETTE BOÎTE OU LA COIFFURE... JE PEUX PAS T'EN DIRE PLUS.
C'EST DES TOURISTES ! Y VEULENT DU FOLKLO, C'EST COMME ÇA.
JE DOIS Y ALLER, J'AI UN RENDEZ-VOUS.
SOIS PAS EN RETARD POUR LE SHOW, GAMIN !
DANS QUOI VAS-TU ENCORE TE FOURRER, MON RAÚL ?
RON COSTA NEGRA

ELECIDO EN
AGOZANA
RON
BARIO
RAÚL! PAR ICI.
BONSOIR, SEÑOR HASHBROWN.
VOULEZ-VOUS MANGER UN MORCEAU? VOUS N'AVEZ PAS TORT, C'EST À PEINE COMESTIBLE. BIEN...
YVES, VOTRE PATRON, À L'ÉVIDENCE FAIT UNE PETITE FUGUE, CE QUI TOMBE À PIC...
MI CORAZÒN LATE POR TI
... VOUS LE REMPLACEREZ AUPRÈS DE BLANE SILVERSPOON QUI L'ATTEND CE SOIR POUR SON BRUSHING HEBDOMADAIRE.
AH NON! PAS QUESTION! PAS L'AMÉRICAIN! ET PUIS D'ABORD ON M'ATTEND AU CLUB!
ALLONS, ALLONS RAÚL. CALMEZ-VOUS, J'AI DE BONNES NOUVELLES DE LONDRES. LE MINISTRE EST D'ACCORD. VOUS PARTEZ BIENTÔT POUR L'ANGLETERRE! ON VOUS ATTEND À COVENT GARDEN, DEUX SOIRS PAR SEMAINE, UN CONTRAT FERME DE TROIS ANS...
VOUS ÊTES SÉRIEUX?
ABSOLUMENT, MAIS D'ABORD OBÉISSEZ ET FAITES À SILVERSPOON SA MISE EN PLIS. GAGNEZ SA CONFIANCE, GENTIMENT, EN DOUCEUR, C'EST TOUT CE QUE JE VOUS DEMANDE...

RAÚL! QUELLE BONNE SURPRISE...
HEART COMITEE
...JE N'ATTENDAIS PLUS PERSONNE.
JE PEUX REPARTIR SI VOUS VOULEZ.
VOUS PLAISANTEZ!
ENTREZ VITE, JE SUIS ENCHANTÉ.
OÙ EST-CE QUE JE M'INSTALLE?
DÉTENDEZ-VOUS, MON CHER, ON A TOUT NOTRE TEMPS, LES DOMESTIQUES SONT ABSENTS POUR LA NUIT.
AH?
UN DOIGT DE PORTO?
QUITTEZ VOTRE LIQUETTE, METTEZ-VOUS À L'AISE PENDANT QUE JE PRENDS MON BAIN.
GULP
DITES-MOI, RAÚL, VOUS AIMEZ LES HUÎTRES? ET LES ESCARGOTS?
APPROCHEZ, RAÚL, N'AYEZ PAS PEUR.

MI CORAZON LATE POR TI COSTA NEGRA
DRINNDRINN
DRINN DRINNG
ALLÔ?... RAÚL?! UN INSTANT...
ARRÊTEZ CETTE PUTAIN DE MUSIQUE!
FOR MY EARS' SAKE!
OUI, RAÚL, JE VOUS ÉCOUTE.
OUI MONSIEUR... EUH, UN PETIT PROBLÈME... EH BIEN... EUH...

HOLY FUCK! HOLY FUCK! HOLY FUCK!
HEART COMITEE
OÙ EST-IL?!!
LÀ-HAUT, DANS LA SALLE DE BAINS.
BORDEL DE DIEU! QU'EST-CE QUI VOUS A PRIS?!!
J'AI RIEN FAIT, J'VOUS JURE.
VOUS L'AVEZ ÉGORGÉ, RAÚL! COMME UN PUTAIN DE GORET! MAIS VOUS SAVIEZ QUI C'ÉTAIT, PUTAIN!!
J'ÉTAIS LÀ, PUIS, HOP! JE ME SUIS RETOURNÉ ET IL ÉTAIT MORT.
VOUS ¡MAGINEZ CE QU'ILS VONT DIRE AU MI6? ET AU MINISTÈRE?
AH, SI J'ÉTAIS SORTI D'ETON, ON M'AURAIT JAMAIS ENVOYÉ DANS CE PAYS DE MERDE!
ET POUR COVENT GARDEN?
MAIS TU ES DÉCIDÉMENT PLUS BÊTE QU'UNE MULE, PUTAIN!
COVENT GARDEN, TU TE LE METS OÙ JE PENSE, MON BONHOMME! NON MAIS QU'IL EST CON!

JE LEUR AI DIT, À LA DIRECTION, IL ME FAUT DES MOYENS... VOILÀ CE QUI ARRIVE QUAND ON TRAVAILLE AVEC DES ABRUTIS...
MAIS J'AI RIEN FAIT, J'VOUS DIS!
BEN VOYONS...
DÉSOLÉ, RAÚL, MAIS TU NE SORTIRAS PAS D'ICI VIVANT.
COVENT GARDEN! HA HA HA! MON PAUVRE AMI, QUELLE TOUCHANTE NAÏVETÉ!
ZOUIC
POF
¡NO SE MUEVAN!
J'AI RIEN FAIT! C'EST EUX!

BEN?... Y'SONT PASSÉS OÙ?!
Y'A UN CADAVRE DANS LA BAIGNOIRE ET PERSONNE D'AUTRE QUE CE PETIT CON!
TUE-LE.
PAF!
QUI ES-TU, HOMBRE?
TU CROIS PEUT-ÊTRE NOUS FAIRE PEUR?! NOUS SOMMES DU C.I.M, CABRÓN!!
JE VEUX PAS VOUS FAIRE PEUR, JE VEUX VOUS FAIRE MAL.
CRAC!
PAC!
POF!

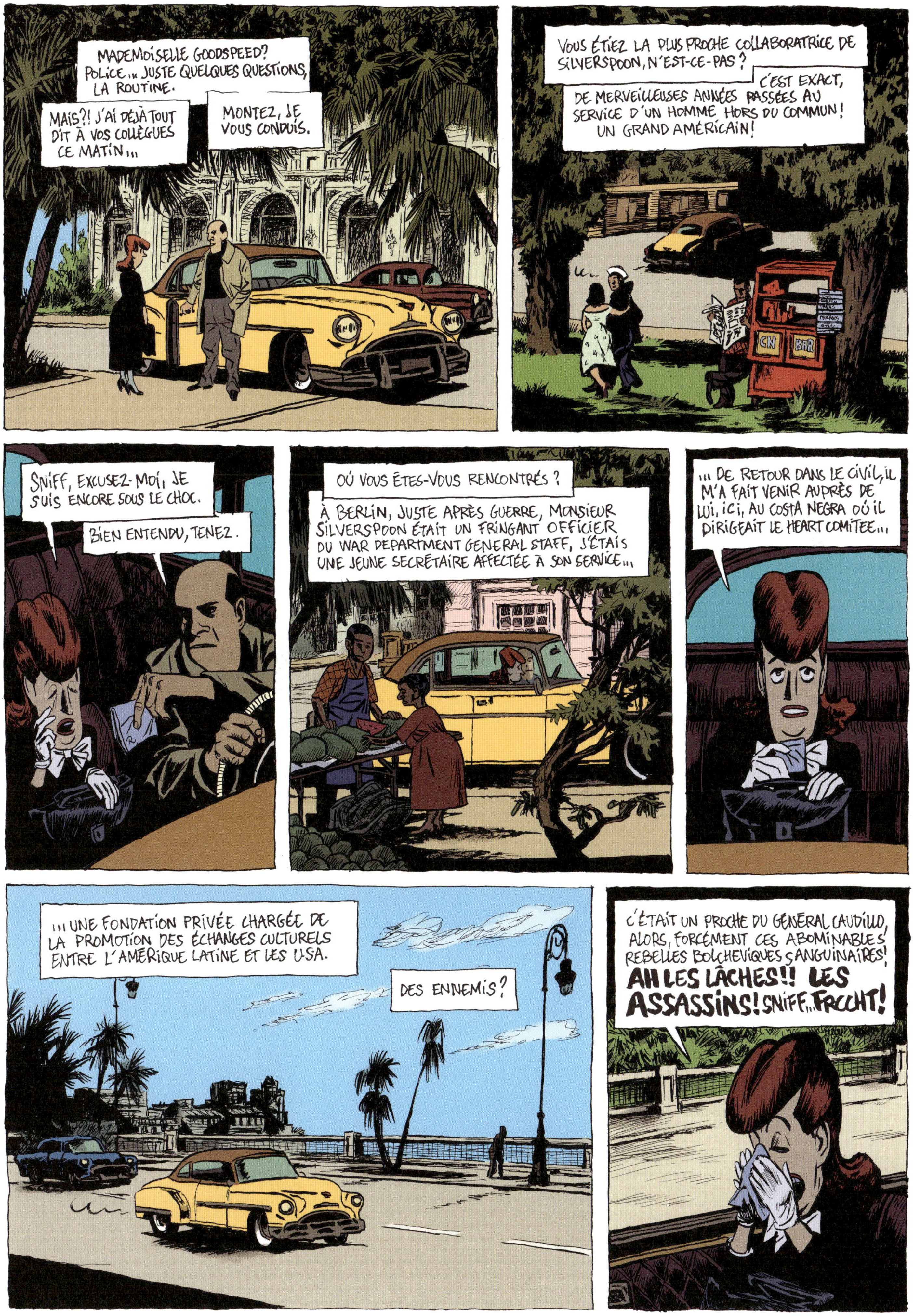
MADEMOISELLE GOODSPEED? POLICE... JUSTE QUELQUES QUESTIONS, LA ROUTINE.
MAIS?! J'AI DÉJÀ TOUT DIT À VOS COLLÈGUES CE MATIN...
MONTEZ, JE VOUS CONDUIS.
VOUS ÉTIEZ LA PLUS PROCHE COLLABORATRICE DE SILVERSPOON, N'EST-CE-PAS ?
C'EST EXACT, DE MERVEILLEUSES ANNÉES PASSÉES AU SERVICE D'UN HOMME HORS DU COMMUN ! UN GRAND AMÉRICAIN !
SNIFF, EXCUSEZ-MOI, JE SUIS ENCORE SOUS LE CHOC.
BIEN ENTENDU, TENEZ.
OÙ VOUS ÊTES-VOUS RENCONTRÉS ?
À BERLIN, JUSTE APRÈS GUERRE, MONSIEUR SILVERSPOON ÉTAIT UN FRINGANT OFFICIER DU WAR DEPARTMENT GENERAL STAFF, J'ÉTAIS UNE JEUNE SECRÉTAIRE AFFECTÉE À SON SERVICE...
... DE RETOUR DANS LE CIVIL, IL M'A FAIT VENIR AUPRÈS DE LUI, ICI, AU COSTA NEGRA OÙ IL DIRIGEAIT LE HEART COMITEE...
... UNE FONDATION PRIVÉE CHARGÉE DE LA PROMOTION DES ÉCHANGES CULTURELS ENTRE L'AMÉRIQUE LATINE ET LES USA.
DES ENNEMIS ?
C'ÉTAIT UN PROCHE DU GÉNÉRAL CAUDILLO, ALORS, FORCÉMENT CES ABOMINABLES REBELLES BOLCHEVIQUES SANGUINAIRES!
AH LES LÂCHES!! LES ASSASSINS! SNIFF... FRCCHT!

UN HOMME TEL QUE LUI! SI BON, SI JUSTE, SI CULTIVÉ! UN ESTHÈTE! UN PRINCE DE LA RENAISSANCE! FRCCHT!
UN PÉDÉ.
MONSIEUR L'AGENT, JE VOUS INTERDIS!
RIEN DU TOUT, CONNASSE!
TU VAS ARRÊTER TON ÉLOGE FUNÈBRE!
"ÉCHANGES CULTURELS" MON CUL!...
À BERLIN, TON "FRINGANT OFFICIER" FAISAIT PARTIE DU G2, LES RENSEIGNEMENTS MILITAIRES!
LES ADMINISTRATEURS DU HEART COMITEE SONT TOUS D'ANCIENS CADORS DES SERVICES SECRETS! QU'EST-CE QUE ÇA CACHE? QUI VOUS FINANCE?
LA... LA CIA!
DANS QUEL BUT?!
RRR.. SOUTENIR.. R.. SOUTENIR LES... LES ORGANISATIONS QUI LUTTENT CONTRE LE COMMUNISME, SUR TOUT LE.. RR.. TERRITOIRE SUD-AMÉRICAIN, ET...
ET?!

...ET... RRR... ACTIVER LA CONTRE-RÉVOLUTION DANS LE PAYS...
COMMENT ?! PAR QUELS MOYENS ?!
JE... JE NE SAIS PAS !... L'APACHE !... L'APACHE !
AU COMITEE ! VOYEZ L'APACHE ! C'EST À LUI QUE SILVERSPOON CONFIAIT SES SECRETS...
BON...
C... COMMENT OSEZ-VOUS ? JE SUIS CITOYENNE AMÉRICAINE ! VOUS N'AVEZ PAS LE DROIT ! VOUS DEVREZ RENDRE DES COMPTES À VOS SUPÉRIEURS !
J'AURAI VOTRE TÊTE !
C'EST-À-DIRE... JE NE SUIS PAS VRAIMENT DE LA POLICE...
ALLEZ ! RENDS-MOI MON MOUCHOIR !...
...ET DU BALAI !
IIIIII
VVRRRRRRR !

HEART
COMIT
RRRR
CRRR
CLIC
THE HOOVER
RRRR

THE HOOVER
CLIC
THE HOOVER
L'APACHE...

VERDE!
PAN
PAN PAN

¡CARAMBA!
¡DIOS MÍO!
PAN
PAN
¡MALDITO!
AÏE.
EXTI
TCHOC!

SMITH
GRRR
THE HOOVER
TH
RATATAT
RATATATATARATA
RATATATA

BORDEL À CUL !
BRAOUM !
DAME !

STOP!
RATATATA
ULTIMAS NOVEDADES
DE PARIS Y LONDRES
DE ORO
RATATATA RATATATA RATATA
CAPAS DE AGUA Y PARAGUAS
EL LAZO DE ORO
RATATATA
RATATA RATATA TATA!
RA TA TA!
CRAC!

LA IDEA
PRESTAMOS
TOME Coca-Cola BIEN FRIA
TOME Coca-Cola BIEN FRIA
UMRÍ !
clic
ZVOUCH
Para regalos GIFT SHOP
Antonio Allegra
UMRÍ !
ZOUCH!
CHTONK!

NON!
¡POLICÍA!
¡MANOS ARRIBA!
¡CARAÏ!
PAN!
PAN PAN!
PAN!
VROUM!

QU'EST-CE QUI A PU FAIRE TANT DE DÉGÂTS ? T.N.T ? DYNAMITE ?
HEART COMITEE
LES TRAVAUX SECRETS QUE DIRIGEAIT KURT VON KRAUT AU SOUS-SOL...
SOI-DISANT LA MISE AU POINT D'UNE ARME BIOLOGIQUE CAPABLE DE DÉTRUIRE LA GUÉRILLA AU PLUS PROFOND DE LA JUNGLE. DE LA FUMISTERIE, SELON MOI.
KURT VON KRAUT ?
UN OFFICIER NAZI DE L'AHNENERBE, TRADUISEZ HÉRITAGE ANCESTRAL, L'UNITÉ ARCHÉOLOGIQUE S.S DONT LE BUT INITIAL ÉTAIT DE TROUVER LES PREUVES DE L'EXISTENCE D'ANTIQUES ET GLORIEUSES CULTURES GERMANIQUES DANS LE MONDE ENTIER...
L'AHNENERBE FINANÇAIT ÉGALEMENT D'ÉTRANGES PROJETS DE RECHERCHE...
WUNDERBAR !
TELS QUE L'ÉTUDE DES PLANTES SACRÉES INDIENNES MENÉE PAR VON KRAUT AU COSTA NEGRA DÈS 1936...
PACHACUNAK
...VOYEZ LE GENRE DE ZOZO...
JE L'AI RENCONTRÉ UNE FOIS, LE 30 AVRIL 1945 POUR ÊTRE PRÉCIS...
...EN ALLEMAGNE.

QUI SONT CES GENS ?
DES RÉFUGIÉS. LEURS VÊTEMENTS PROVIENNENT DU THÉÂTRE LOCAL.
SILVERSPOON NOUS AVAIT SÉLECTIONNÉS, MOI ET DEUX AUTRES GARS DU 2E RANGERS. POUR EFFECTUER UNE OPÉRATION ULTRA-SECRÈTE AU COEUR DE BERLIN...
ALLONS-Y !
... UNE FOLIE SUICIDAIRE...
... LA 8E ARMÉE DE LA GARDE DE TCHOUIKOV ÉTAIT SUR LE POINT DE DONNER L'ASSAUT AU REICHSTAG. DANS LA VILLE DÉVASTÉE PAR LES FLAMMES, HITLER N'AVAIT PLUS QUE QUELQUES HEURES À VIVRE.
VITE, MON CAPITAINE ! ON EST TROP À DÉCOUVERT !
VITE ! VITE ! VOU EN AVEZ DE BONNES MASTERS !
LA VILLE EST TELLEMENT DÉTRUITE QUE J'AI UN MAL FOU À ME REPÉRER !
QU'EST-CE QUE VOUS CROYEZ ?! QUE JE FAIS DU TOURISME ?!
Berlin
PAR ICI, À DROITE, EUH ... C'EST ÇA...
À GAUCHE.
Damen-Moden

TOUT AVAIT COMMENCÉ TROIS SEMAINES PLUS TÔT, QUAND, À NEUSHWANSTEIN, KURT MILO TOMBA ENTRE NOS MAINS. IL AVAIT EN SA POSSESSION UN DOCUMENT QUI FIT BRILLER LES YEUX DE SILVERSPOON...
...L'INVENTAIRE DE LA COLLECTION JACOBI.
VON KRAUT ÉTAIT À BERLIN, PARTI RÉCUPÉRER CELLE-CI DANS UNE CACHETTE DE L'E.R.R...
NE TIREZ PAS!
IL DEVAIT REVENIR PRENDRE MILO POUR REJOINDRE, À L'AIDE D'UN RÉSEAU SS, UN MARCHAND D'ART VÉREUX EN SUISSE...
JE ME SUIS PRIS LE PIED DANS LA CHAÎNE. JE CROIS QU'IL EST CASSÉ!
DE LÀ, ILS DEVAIENT PRENDRE CONTACT AVEC UN PRÊTRE CROATE AU VATICAN QUI FACILITERAIT LEUR FUITE POUR L'AMÉRIQUE LATINE
QUEL ABRUTI.
MAIS, LAS D'ATTENDRE VON KRAUT BLOQUÉ PAR L'ARMÉE ROUGE, MILO AVAIT FAIT L'ERREUR DE FUIR PAR SES PROPRES MOYENS...
LE PRISONNIER SIR.
OÙ EST LA COLLECTION, KURT? OÙ À BERLIN? DIS-MOI OÙ EST LA CACHETTE?
MAIS IL EST TROP TARD!
ÇA, C'EST À MOI D'EN DÉCIDER.

HARDI, LES GARS ! ON TIENT LE BON BOUT !
HALT !
STEHEN SIE RUHIG.
HO ! GÉRARD ! VIENS VOIR CE QU'J'AI ATTRAPÉ !
FRANÇAIS ?!!
ET FIER DE L'ÊTRE, MON POTE ! WAFFEN-GRENADIER-DIVISION DER SS "CHARLEMAGNE".
MAIS...? VOUS N'AVEZ AUCUNE CHANCE ! LES RUSSES VONT VOUS MASSACRER !
L'IMPORTANT C'EST DE PARTICIPER.
ALLEZ ! SUIVEZ-NOUS SANS FAIRE D'HISTOIRES.
FRCHHTTTTT
BRAOUM !
L'EXPLOSION NOUS A FAIT TRAVERSER LE SOL...
TOUT VA BIEN, MON CAPITAINE ?!
ÇA VA, ÇA VA.
JOHNSON ET CARLSON SONT MORTS, LES FRANÇAIS AUSSI.

NOUS AVONS PARCOURU LE RÉSEAU SOUTERRAIN NAZI PENDANT DES HEURES...
QUELLE PUANTEUR!
ATTENTION, ÇA GLISSE!
AH AHAH
PLOUTCH!
LA LAMPE!
LÀ-BAS! UNE PORTE!
?
ENTSHULDIGUNG FRAULEIN, WIE...
... I'LL BE DAMNED!

DES AMÉRICAINS?!
UMRI!
NON!
NE TIREZ PAS! C'EST KURT MILO QUI M'ENVOIE VERS VOUS...
... HERR VON KRAUT...
MILO?!
JE PEUX VOUS AIDER À QUITTER LA VILLE.
POUR ALLER CROUPIR EN PRISON?! JAMAIS!
GRAT GRAT
PAS NÉCESSAIREMENT...
FRANJO, BAISSE TON ARME. JE VOUS ÉCOUTE.
CIGARETTE?
IL SE POURRAIT QUE CERTAINES GROSSES LÉGUMES, LÀ-BAS À WASHINGTON, SOIENT INTÉRESSÉES PAR VOS TRAVAUX. TOUTEFOIS...
... CE N'EST PAS VOTRE TALENT D'HERBORISTE QUI M'AMÈNE ICI MAIS QUELQUE CHOSE QUE VOUS POSSÉDEZ: LA COLLECTION JACOBI.
ACH SO...

VOUS AVEZ VU? IL N'ARRÊTE PAS DE SE GRATTER LE CUL.
LES BLESSURES DE GUERRE NE SONT PAS TOUJOURS TRÈS GLORIEUSES, MON JEUNE AMI.
MESSIEURS: LA COLLECTION JACOBI!
JE NE M'EXPLIQUE PAS COMMENT NOUS AVONS PU FUIR BERLIN EN UN SEUL MORCEAU...
...MAIS NOUS Y SOMMES PARVENUS...
...VON KRAUT BÉNÉFICIA DU SECOURS DE PAPERCLIP, UNE OPÉRATION QUI VISAIT À EXPLOITER "TEMPORAIREMENT" LES SAVANTS ALLEMANDS POUR ABRÉGER LA GUERRE CONTRE LE JAPON...
...MAIS L'OPÉRATION PERDURA, LA GUERRE FROIDE AVAIT COMMENCÉ...
...QUAND LE DÉPARTEMENT DE LA JUSTICE S'INTÉRESSA À VON KRAUT, SILVERSPOON LE FIT MUTER AU COSTA NEGRA OÙ IL DIRIGEA UN SERVICE DE GUERRE BIOLOGIQUE, À L'INSTITUT BACTÉRIOLOGIQUE D'EL PUERTO SITUÉ SOUS LE HEART COMITEE...
...EH OUI MON VIEUX, LA VERTU N'EST PAS UNE QUALITÉ DANS NOTRE MÉTIER.
CE PAYS EST À UNE PORTÉE DE SOL-SOL DE NOS CÔTES, IL NE TOMBERA PAS AUX MAINS DES BOLCHEVIQUES!
LES REBELLES.
POUR L'INSTANT UNE POIGNÉE DE MORIBONDS ILLUMINÉS, MAIS LE MAGOT QU'ILS ONT PERÇU POURRAIT CHANGER LA DONNE.
PUTAINS DE SOVIETS...

NON, LE MAGOT NE VIENT PAS DE MOSCOU, MAIS D'ICI, DU HEART COMITEE.
?!
GRÂCE À DIMITRI VOLOCHINE, UN AGENT SOVIÉTIQUE, NOUS SAVONS QU'UN PETIT MALIN EST PARVENU À DÉTOURNER LES FONDS SECRETS DU COMITEE...
...AVANT D'ÉGORGER SILVERSPOON ET HASHBROWN, L'OFFICIER DU MI6 DANS LE PAYS.
CHIERIE!
C'EST POUR LUI QUE VOUS ÊTES LÀ, SERGENT. CE PETIT MALIN EST UN COIFFEUR QUI A SU PROFITER DE LA FAIBLESSE DE NOTRE COMPATRIOTE.
IL S'APPELLE RAÚL SALTACAPAS... IL ME LE FAUT... MORT OU VIF.
SILVERSPOON ÉTAIT UN BRAVE, UN BRAVE MAIS UN AVENTURIER, ET PLUS GRAVE, UN AMATEUR...
UNE PAGE SE TOURNE.
NOUS SOMMES LA RELÈVE! VOUS ET MOI NOUS ALLONS CONSTRUIRE UNE DIGUE POUR STOPPER CETTE COULÉE DE BOUE ROUGE! NOUS ALLONS MENER CETTE GUERRE ET NOUS ALLONS LA GAGNER! PARCE QUE NOUS SOMMES...
...DES PROFESSIONNELS.
ET NOUS AVONS DIEU.
HEART CO

VOUS NE JOUEZ PLUS AU GALLO DORADO, RAÙL?
NON... UN PROBLÈME D'HORAIRE...
BON, VENONS-EN AU FAIT, TOUT CE QUE JE DEMANDE, C'EST DE PARTIR DU PAYS AVEC UN ENGAGEMENT ÉCRIT.
LE CENTRE D'ÉTAT DES DISTRACTIONS PROLÉTARIENNES SERA RAVI DE VOUS SIGNER UN CONTRAT, EN MOLDAVIE ON AIME LA MUSIQUE ET ON SAIT S'AMUSER!
OUAIS?! BON BEN, FAUT QUE JE RÉFLÉCHISSE, ALORS.
RAÙL, RAÙL. NOUS AVONS ÉTÉ PATIENTS JUSQU'ICI. NOUS SAVONS BEAUCOUP DE CHOSES SUR VOUS, SUR VOTRE ENGAGEMENT POLITIQUE.
LA POLITIQUE, J'M'EN BALANCE BIEN.
AH OUI?! ALORS COMMENT SE FAIT-IL QUE LE C.I.M SOIT SUR VOS TALONS?! VOUS AVEZ VOLÉ UNE FORTUNE AUX AMÉRICAINS! NE ME DITES PAS QUE LA POLITIQUE NE VOUS CONCERNE PAS, VOUS ÊTES LE TRÉSORIER DE LA RÉVOLUTION, BON SANG!
QU'EST-CE QUE C'EST QUE CES CONNERIES?! TRÉSORIER DE LA RÉVOLUTION? VOUS ÊTES PAS BIEN!
ET VOUS? LA TUERIE DU HEART COMITEE, L'AMÉRICAIN DÉCADENT ET VOTRE COPAIN ANGLAIS... VOUS N'Y ÊTES PAS ALLÉ DE MAIN MORTE, MON CHER!
MAIS...?!

DÉTENDEZ-VOUS, RAÚL. NOUS VOULONS JUSTE RENTRER EN CONTACT AVEC VOTRE CHEF POUR LUI FAIRE PART DES PROPOSITIONS DU KOMINTERN. C'EST TOUT...
ÉCOUTEZ, QUAND JE VOUS AI DIT QUE JE CONNAISSAIS BEAUCOUP DE MONDE.. EUH... LES REBELLES, TOUT ÇA...
... EH BEN, J'AI PEUT-ÊTRE UN PEU EXAGÉRÉ...
VOIRE TOTALEMENT.
JE VEUX JUSTE EMMENER MA FIANCÉE LOIN D'ICI. LE RESTE, LA POLITIQUE, LA RÉVOLUTION...
ASSEYEZ-VOUS!
PAN!
EH MERDE! QU'EST-CE QU'IL LUI A PRIS DE PASSER DEVANT MOI?!
NON MAIS QUELLE CONNE!
NON! TIRE PAS! ON FOUT LE CAMP!
PAN!
AÏE!

FIR AR DRACULII!
LAISSE TOMBER! ON FOUT LE CAMP!
AU TEMPS, POUR MOI, L'AMI...
... ET MERCI.
ALORS, VOYONS ÇA. MEHMET BABAOGLU, PASSEPORT TURC MAIS TU JURES EN ROUMAIN AVEC UN FORT ACCENT MOLDAVE, ET ON JURE TOUJOURS DANS SA LANGUE MATERNELLE.
LA PINTADA
HORARIO
MMMH... UNE CARTE DE TRAVAIL DÉLIVRÉE À TITRE TEMPORAIRE DANS LE CADRE D'UN ÉCHANGE INTERNATIONAL, CLINIQUE SAN JUAN. DÉTACHÉ AU SERVICE DE PROCTOLOGIE EXPÉRIMENTALE.
NO IZQUIERDA

RAÚL!! OÙ ÉTAIS-TU PASSÉ?! J'ÉTAIS MORTE D'INQUIÉTUDE!
QU'EST-CE QUI SE PASSE?! RAÚL, RÉPONDS-MOI!
ÇA VA.
C'EST JUSTE... IL FAUT QUE JE PARTE, ME CACHE... QUELQUES TEMPS.
QU'EST-CE QUE TU AS FAIT?!
MAIS RIEN.
UN PISTOLET?! CHEZ MOI! TU ES FOU?! TU COMPTES FAIRE QUOI AVEC ÇA?! SANTA MARIA!!
TOC TOC
TU ATTENDS QUELQU'UN?
NON
BEN, VOUS GÊNEZ PAS! ENTREZ! QUI ÊTES-VOUS?!
C'IM, COCOTTE.
OÙ EST RAÚL?
VOUS VOULEZ PRENDRE DES COURS DE TROMPETTE?
BAF!
TU N'AS PAS IDÉE DU MAL QU'ON PEUT TE FAIRE, COCOTTE.
ALLEZ VOUS FAIRE FOUTRE!
LÉON, FAIS-LUI COULER UN BAIN.

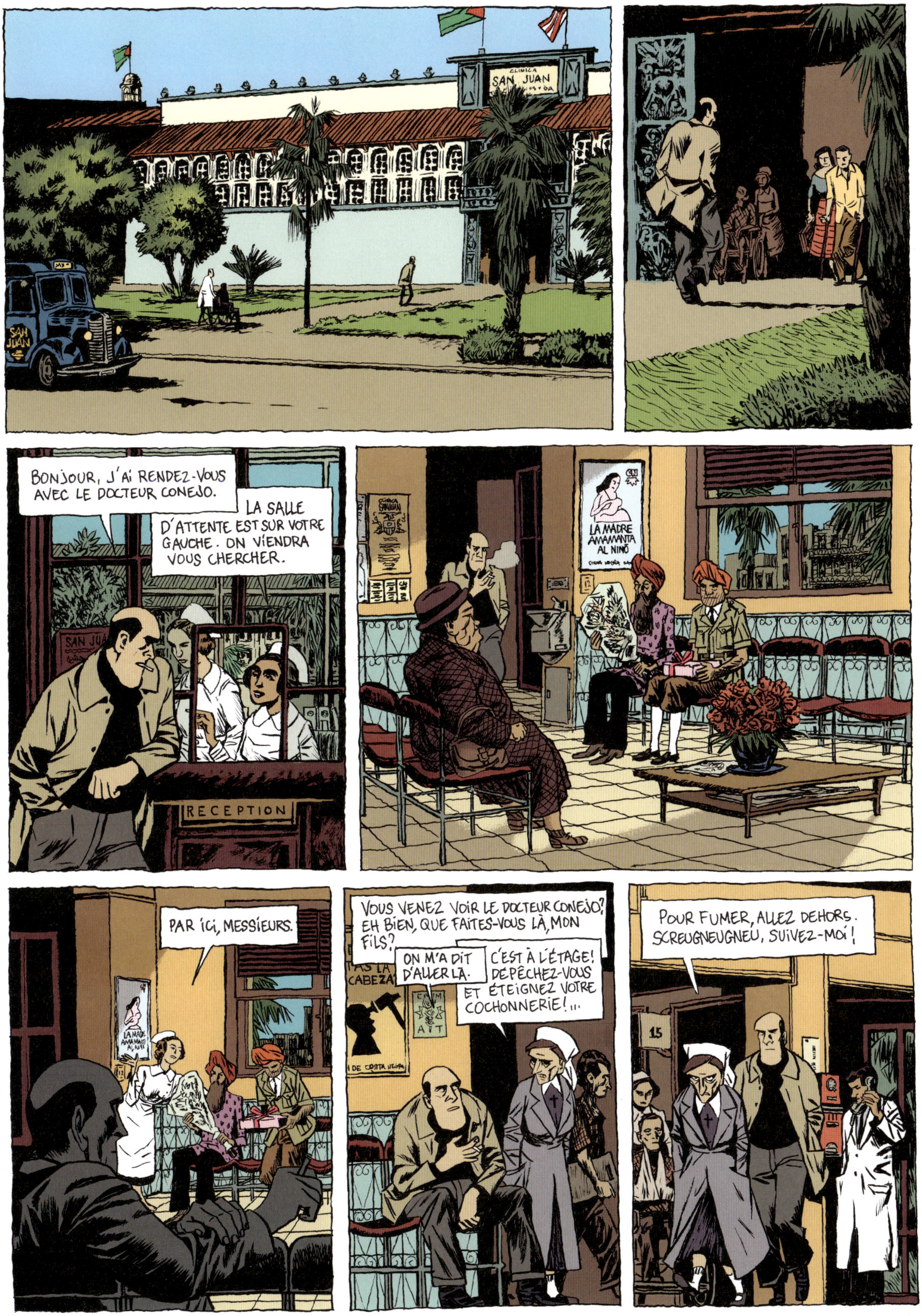
SAN JUAN
SAN JUAN
BONJOUR, J'AI RENDEZ-VOUS AVEC LE DOCTEUR CONEJO.
LA SALLE D'ATTENTE EST SUR VOTRE GAUCHE. ON VIENDRA VOUS CHERCHER.
RECEPTION
LA MADRE AMAMANTA AL NIÑO
PAR ICI, MESSIEURS.
VOUS VENEZ VOIR LE DOCTEUR CONEJO? EH BIEN, QUE FAITES-VOUS LÀ, MON FILS?
ON M'A DIT D'ALLER LÀ.
C'EST À L'ÉTAGE! DÉPÊCHEZ-VOUS ET ÉTEIGNEZ VOTRE COCHONNERIE!...
CABEZA
15
POUR FUMER, ALLEZ DEHORS. SCREUGNEUGNEU, SUIVEZ-MOI!

ENTREZ LÀ ET DÉSHABILLEZ-VOUS
BONJOUR MONSIEUR. ENTREZ, JE VOUS PRIE.
ASSEYEZ-VOUS, CHER MONSIEUR.
ALORS, DITES-MOI TOUT. IRRITATIONS? DOULEURS? GRATOUILLEMENTS? ROUGEURS?
NON.
OUI? BON, EH BIEN ON VA REGARDER...
VENEZ.
DITES-MOI TOUT DE MÊME CE QUI VOUS AMÈNE À CONSULTER!
DES GAGAOUZES.
JE VOUS DEMANDE PARDON?!...

J'AVOUE NE PAS CONNAÎTRE CETTE... EUH... PATHOLOGIE... VOUS PENSEZ À DES PARASITES? DES VERS, SANS DOUTE. "GOUGOUAZE", DITES-VOUS?
GAGAOUZE, C'EST UNE ETHNIE MOLDAVE.
MEHMET BABAOGLU ET SON COPAIN MOUSTACHU.
BABAOGLU ET SIDKI GOKAN, OUI, CE SONT DEUX INFIRMIERS TURCS AFFECTÉS À MON SERVICE. QUEL RAPPORT?
ILS N'ONT RIEN DE TURC VOS COLLÈGUES, QUE FONT-ILS ICI PRÉCISÉMENT?
BIEN!! MES ASSISTANTS ET LA MOLDAVIE MIS À PART, ÊTES-VOUS SOUFFRANT?! INQUIET POUR VOTRE SANTÉ?
NON.
BON! À MOINS QUE VOUS NE SOYEZ DE LA POLICE DES FRONTIÈRES...
NON PLUS.
AU REVOIR, MONSIEUR!
NOUS Y SOMMES. LE PATIENT RECEVRA DES SOINS DANS UNE HEURE. D'ICI LÀ, JE VOUS LAISSE.
TOC TOC
PRC
MESSIEURS?
QUI ÊTES-VOUS?
ONE MOMENT, PLEASE.

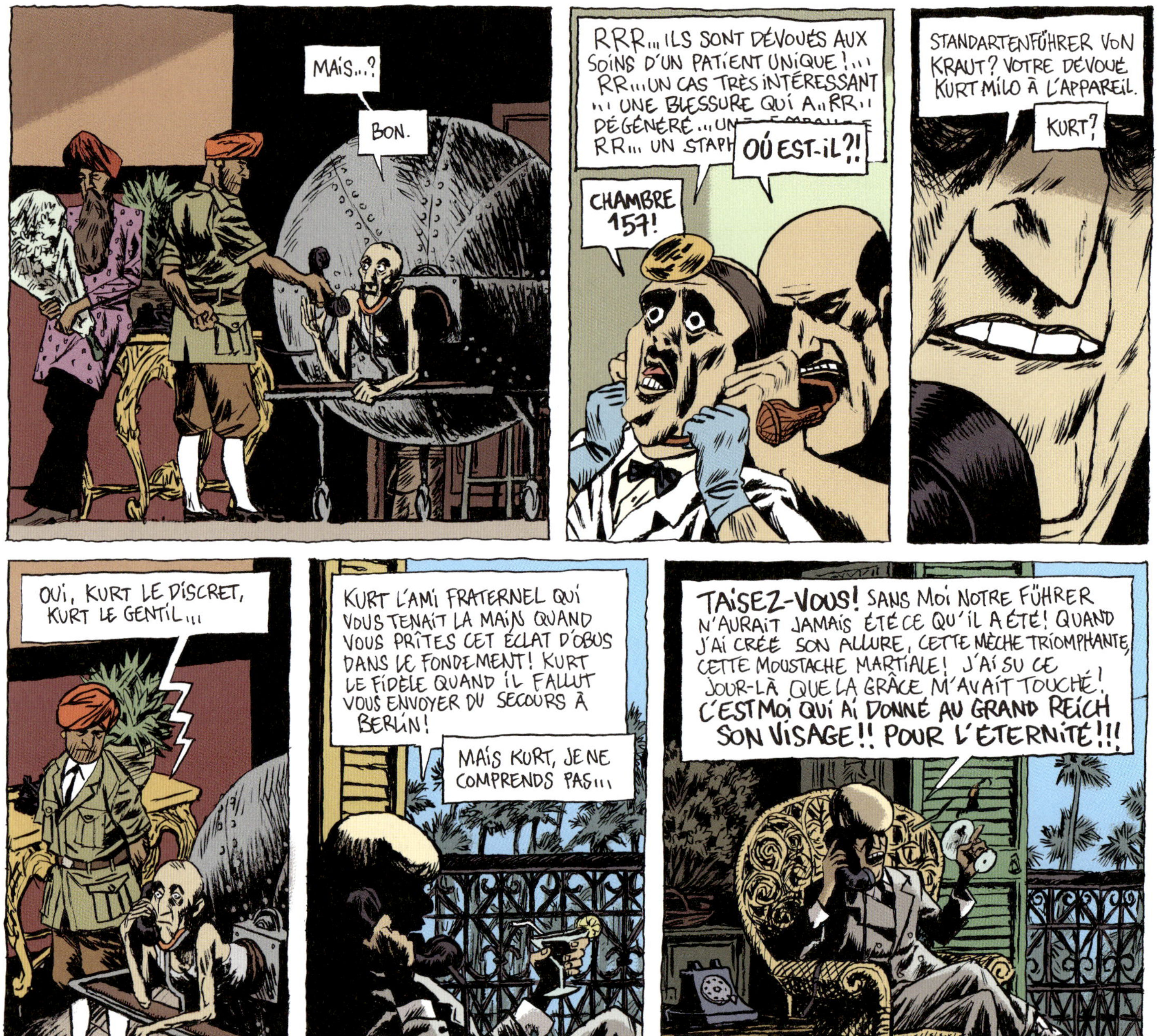

MAIS...?
BON.
RRR... ILS SONT DÉVOUÉS AUX SOINS D'UN PATIENT UNIQUE !... RR... UN CAS TRÈS INTÉRESSANT ... UNE BLESSURE QUI A... RR... DÉGÉNÉRÉ... UN
RR... UN STAPH
OÙ EST-IL ?!
CHAMBRE 157 !
STANDARTENFÜHRER VON KRAUT ? VOTRE DÉVOUÉ KURT MILO À L'APPAREIL.
KURT ?
OUI, KURT LE DISCRET, KURT LE GENTIL...
KURT L'AMI FRATERNEL QUI VOUS TENAIT LA MAIN QUAND VOUS PRÎTES CET ÉCLAT D'OBUS DANS LE FONDEMENT ! KURT LE FIDÈLE QUAND IL FALLUT VOUS ENVOYER DU SECOURS À BERLIN !
MAIS KURT, JE NE COMPRENDS PAS...
TAISEZ-VOUS ! SANS MOI NOTRE FÜHRER N'AURAIT JAMAIS ÉTÉ CE QU'IL A ÉTÉ ! QUAND J'AI CRÉÉ SON ALLURE, CETTE MÈCHE TRIOMPHANTE, CETTE MOUSTACHE MARTIALE ! J'AI SU CE JOUR-LÀ QUE LA GRÂCE M'AVAIT TOUCHÉ ! C'EST MOI QUI AI DONNÉ AU GRAND REICH SON VISAGE !! POUR L'ÉTERNITÉ !!!
...ET MA RÉCOMPENSE POUR CETTE TÂCHE IMMENSE ?! LE "PRIVILÈGE" DE COIFFER CES PETITS MESSIEURS-DAMES DE L'E.R.R ! INFAMIE !! AUJOURD'HUI JE PRENDS MA REVANCHE, MES NOUVEAUX ASSOCIÉS ONT RÉCUPÉRÉ LA COLLECTION JACOBI QUE VOUS ME CONFISQUÂTES SANS AUCUN SCRUPULE !! ILS ONT ÉTÉ EN CELA PLUS EFFICACE QUE VOTRE PATHÉTIQUE GARDE DU CORPS CROATE ET TRAVESTI...
KLING !
CETTE COLLECTION, JE VAIS LA VENDRE. UN POURCENTAGE CONSÉQUENT SERVIRA À PAYER VOS VISITEURS POUR CE QU'ILS ONT À FAIRE : VOUS ASSASSINER ! HEIL HITLER !
ENCORE VOUS, MON FILS ! PUIS-JE SAVOIR CE QUE VOUS FAITES DANS CETTE TENUE, L'OREILLE COLLÉE À CETTE PORTE ?!
MA SOEUR, VOUS VENEZ DE FAIRE UNE BOULETTE...
157

A SPY! BEHIND THE DOOR!
BY THE TEN THOUSAND DEVILS OF ISHAWARA!
TACATACA
TACATA
TACATACATA
BAM
BAM
LÂCHEZ-MOI VOYOU!
TOUT DOUX, MA SOEUR.
TAC CATA
BATA-TE SĂ TE BATĂ!
COMME TU DIS.
RGENCIA

MERCI ENCORE, DOCTEUR.
JE VOUS EN PRIE, MAIS LA PROCHAINE FOIS, SOYEZ PRUDENT EN NETTOYANT VOTRE REVOLVER !
PISTOLET, DOCTEUR, REVOLVER, C'EST AVEC UN BARILLET... QUE?!
BAM!
POUSSEZ-VOUS!
SALIDA
BAM BAM
WAA! ÇA GLISSE!

BAM
TAC TACA TACATA
PAN
TOC TOC
BONJOUR.
?
STOP! ON S'ARRÊTE LÀ! MON CHARGEUR EST VIDE.
ET ALORS ?!
ON S'EN VA! C'EST UN ORDRE!
SEÑOR, ÇA VA?! VOUS ÊTES TOUCHÉ?!
AHRR! NON, JE ME SUIS PÉTÉ LE COL!
MA MACHINE! MA MACHINE A REÇU UNE BALLE!
AIDEZ-MOI, JE VOUS EN SUPPLIE!... ?... MAIS, JE VOUS CONNAIS!
FRRCCCHH
VISITE GUIDÉE...
COMMENT?!
BAM BAM BAM TACATAT
TAC

VISITE GUIDÉE, C'EST LE NOM DE L'OPÉRATION QUI VOUS A PERMIS DE QUITTER BERLIN EN VIE ET POUR LAQUELLE DEUX SOLDATS U.S ONT PERDU LA LEUR... POUR VOUS ET POUR CETTE DAMNÉE COLLECTION JACOBI, ALORS JE NE VOUS POSERAI LA QUESTION QU'UNE SEULE FOIS : OÙ EST LA COLLECTION ?
JE... C'EST MILO, KURT MILO QUI ME L'A PRISE... JE NE SAIS PAS OÙ IL EST... JE VOUS EN PRIE, AIDEZ-MOI !!
TU AURAIS ÉTÉ BEAU À STALINGRAD ! TU ME FAIS HONTE, CAMARADE, JE VAIS TE COLLER UN RAPPORT !
TU M'ENMERDES, CAMARADE.
JE VOUS EN PRIE ! JE DOIS ACHEVER MON OEUVRE ! AIDEZ-MOI, JE VOUS AIDERAI !
JE ME PASSERAI DE VOTRE AIDE.
PAN
AAAAAAAAA
RESERVADO PARA EL PERSONAL MEDICAL

BAM
TAC
DIE, YOU SON OF A VOMITING GOAT! DIE!!
TAC
ATATA
BAM

À SUIVRE...

HUGUES MICOL. 2006